CONTENTS

目錄

[01] 紙張材質
PAPER

/ˈkʌlərd/ /ˈpeɪpər/

P 001. colored paper

色 紙

/ˈkɑpiər/ /ˈpeɪpər/

P 002. copier paper

影 印 紙

/ˈkoʊtəd/ /ɑrt/ /ˈpeɪpər/

P 003. coated art paper

銅 版 紙

/wʌn/ /saɪd/ /ˈkoʊtəd/ /ˈpeɪpər/

P 004. one side coated paper

單 銅 紙

/tu/ /saɪd/ /ˈkoʊtəd/ /ˈpeɪpər/

P 005. two side coated paper

雙 銅 紙

/glɔs/ /ˈkoʊtəd/ /ɑrt/ /ˈpeɪpər/

P 006. gloss coated art paper

特 銅 紙

/mæt/ /ɑrt/ /ˈpeɪpər/

P 007. matt art paper

雪 銅 紙

/ˈkoʊtəd/ /poʊst/ /kɑrd/

P 008. coated post card

銅 西 卡

P 017. /ˈæsəd/-/-/fri/ /ˈpeɪpər/
acid-free paper
無 酸 紙

P 018. /ɑrt/ /ˈdrɔɪŋ/ /ˈpeɪpər/
art drawing paper
水 彩 畫 紙

P 019. /ˈpɛrəfən/ /ˈpeɪpər/
paraffin paper
石 蠟 紙

P 020. /əˈlumənəm/ /ˈpeɪpər/
aluminum paper
鋁 紙

P 021. /ˈkɑrbən/ /ˈpeɪpər/
carbon paper
複 寫 紙

P 022. /ˈædvərˌtaɪzɪŋ/ /ˈpeɪpər/
advertising paper
廣 告 紙

P 023. /ˈblɑtɪŋ/ /ˈpeɪpər/
blotting paper
吸 水 紙

P 024. /ˈleɪzər/ /ˈleɪbəl/
laser label
雷 射 紙

/ˈpɝli/ /ˈpeɪpər/
P 025. **pearly paper**
珠 光 紙

/ˈsɛləˌfeɪn/
P 026. **cellophane**
玻 璃 纸

/ˌsupərˈkæləndərd/ /ˈpeɪpər/
P 027. **supercalendared paper**
超 級 壓 光 紙

/ˈkɑrdˌbɔrd/
P 028. **cardboard**
紙 板

/kræft/ /bɔrd/
P 029. **kraft board**
牛 皮 紙 板

/ˈkɔrəˌgeɪtəd/ /ˈpeɪpərˌbɔrd/
P 030. **corrugated paperboard**
瓦 楞 紙 版

/ˈbeɪsəs/ /weɪt/
P 031. **basis weight**
基 重

/rim/
P 032. **ream**
令

/dək'tɪləti/
P 041. **ductility**
延 展 性

/ˌiˌlæ'stɪsəti/
P 042. **elasticity**
彈 性

/'blɑtɪŋ/ /'peɪpər/
P 043. **blotting paper**
吸 墨 紙

/'treɪsɪŋ/ /'peɪpər/
P 044. **tracing paper**
描 圖 紙

/pə'pīrəs/
P 045. **papyrus**
莎 草 紙

/'pɑrʧmənt/
P 046. **parchment**
羊 皮 紙

/'veləm/
P 047. **vellum**
皮 紙

/kə'lɪgrəfi/ /'peɪpər/
P 048. **calligraphy paper**
宣 紙

7

/daʊ/
P 049. dao
刀（宣紙的單位）

/hæf/-/ˈprasɛst/ /ʒwan/ /ˈpeɪpər/
P 050. half-processed xuan paper
半熟宣

/nɑn/-/ˈprasɛst/ /ʒwan/
P 051. non-processed xuan
生宣

/ˈprasɛst/ /ʒwan/ /ˈpeɪpər/
P 052. processed xuan paper
熟宣

/ˈmɛtəl/ /fɔɪl/ /ˈpeɪpər/
P 053. metal foil paper
金屬紙

/ˈleɪˌaʊt/ /ˈpeɪpər/
P 054. layout paper
草圖紙

/koʊld/-/prɛst/ /ˈpeɪpər/
P 055. cold-pressed paper
冷壓紙

/ˈmaʊntɪŋ/ /bɔrd/
P 056. mounting board
裱畫紙板

/flæt/

P 057. flat

平 光

/mæt/

P 058. matte

消 光

/spɑt/ /ˈvɑrnɪʃ/

P 059. spot varnish

局 部 上 光

/ˈʌltrə/ /ˈvaɪəlɪt/ /ˈkoʊtɪŋ/

P 060. ultra violet coating

U V 上 光

/ˈpɑli/ /proʊpəˈlin/ /ˈkoʊtɪŋ/

P 061. poly propylene coating

亮 面 P P 上 光

/mæt/ /pi-pi/ /ˈkoʊtɪŋ/

P 062. matte pp coating

霧 面 P P 上 光

/ˈpɑli/ /ˈvaɪnəl/ /ˈælkə͵hɑl/ /ˈkoʊtɪŋ/

P 063. poly vinyl alcohol coating

A 光 P V A

/hit/ /sil/ /ˈgluɪŋ/ /(/hɑrd/ /taɪp/)

P 064. heat seal glueing (hard type)

熱 封 上 膠 (硬 質)

/hit/ /sil/ /ˈgluɪŋ/ (/sɑft/ /taɪp/)
P 065. heat seal glueing (soft type)
熱 封 上 膠 （ 軟 質 ）

/ˈlɪnən/ /ˈpeɪpər/
P 066. linen paper
萊 妮 紙

/leɪd/ /ˈpeɪpər/
P 067. laid paper
儷 紋 紙

/ˈaɪvəri/ /ˈpeɪpər/
P 068. ivory paper
象 牙 紙

/ˈkɑtən/ /ˈpeɪpər/
P 069. cotton paper
棉 紙

/tænt/ /ˈpeɪpər/
P 070. tant paper
丹 迪 紙

/pæˈstɛl/ /ˈpeɪpər/
P 071. pastel paper
粉 彩 紙

/ˈbaɪbəl/ /ˈpeɪpər/
P 072. bible paper
聖 經 紙

/bɪt/-/ˈkoʊtəd/ /wʊd/-/fri/
P 073. bit-coated wood-free
劃 刊 紙

/ɪmˈbɔst/ /ˈkoʊtəd/ /ɑrt/ /ˈpeɪpər/
P 074. embossed coated art paper
壓 紋 銅 版 紙

/ˈmænəˌfoʊld/ /ˈpeɪpər/
P 075. manifold paper
打 字 紙

/ˈnuzˌprɪnt/
P 076. newsprint
新 聞 紙

/pɜrl/ /ˈpeɪpər/
P 077. pearl paper
珠 光 紙

/ˈsɛləˌfeɪn/
P 078. cellophane
玻 璃 紙

/ˌdʒæpəˈniz/ /ˈpeɪpər/
P 079. japanese paper (washi)
和 紙

/skɛtʃ/ /ˈpeɪpər/
P 080. sketch paper
素 描 紙

印　刷

PRINTING

PR 001. **bleed**
/blid/
出 血

PR 002. **full bleed**
/fʊl/ /blid/
全 出 血

PR 003. **CMYK**
/si-ɛm-waɪ-keɪ/
印 刷 四 色

PR 004. **color gamut**
/ˈkʌlər/ /ˈgæmət/
色 域

PR 005. **color separation**
/ˈkʌlər/ /ˌsɛpəˈreɪʃən/
分 色

PR 006. **color space**
/ˈkʌlər/ /speɪs/
色 彩 空 間

PR 007. **crop marks**
/krɑp/ /mɑrks/
裁 切 線

PR 008. **density**
/ˈdɛnsəti/
密 度

14

PR 009. **direct-to-plate**
/dəˈrɛkt/-/tu/-/pleɪt/
直接製版

PR 010. **four-color printing**
/fɔr/-/ˈkʌlər/ /ˈprɪntɪŋ/
四色印刷

PR 011. **film setter**
/fɪlm/ /ˈsɛtər/
照相排字機

PR 012. **gray balance**
/greɪ/ /ˈbæləns/
灰平衡

PR 013. **printing**
/ˈprɪntɪŋ/
印刷

PR 014. **offset lithography**
/ɔfˈsɛt/ /ləˈθɑgrəfi/
膠印油墨

PR 015. **offset printing press**
/ɔfˈsɛt/ /ˈprɪntɪŋ/ /prɛs/
膠印機

PR 016. **printing technology**
/ˈprɪntɪŋ/ /tɛkˈnɑlədʒi/
印刷工藝

/si-ti-pi/(/kəmˈpjutər/ /tə/ /pleɪt/)

PR 017. CTP (Computer To Plate)

計 算 機 直 接 製 版

/di-ti-pi/(/ˈdɛskˌtɑp/ /ˈpʌblɪʃɪŋ/ /ˈsɪstəm/)

PR 018. DTP (Desktop Publishing System)

桌 上 排 版 系 統

/ɪndəˈrɛkt/ /ˈprɪntɪŋ/

PR 019. indirect printing

間 接 印 刷

/əˈrɪdʒənəl/

PR 020. original

原 稿

/ˈprɪntɪŋ/ /pleɪt/

PR 021. printing plate

印 版

/ˈprɪntɪŋ/ /stɑk/

PR 022. printing stock

承 印 物

/pleɪt/ /ˈmeɪkɪŋ/

PR 023. plate making

製 版

/ˈɪmədʒ/ /ˌriprəˈdʌkʃən/

PR 024. image reproduction

圖 象 製 版

PR 025. /ˈhæfˌtoʊn/
halftone
半色調

PR 026. /ˈpɑzətɪv/ /ˈɪmədʒ/
positive image
陽圖

PR 027. /ˈnɛgətɪv/ /ˈɪmədʒ/
negative image
陰圖

PR 028. /tɛkst/ /ˌkɑmpəˈzɪʃən/
text composition
文字排版

PR 029. /meɪk/-/ʌp/
make-up
拼版

PR 030. /ˈprɪntɪŋ/ /daʊn/
printing down
曬版

PR 031. /priˈsɛnsəˌtaɪzd/ /pleɪt/
presensitized plate
預塗感光平版

PR 032. /poʊst/-/prɛs/ /ˈfɪnɪʃɪŋ/
post-press finishing
印後加工

PR 033. /ˈdʌb əlˈsaɪ dɪd / /ˈprɪntɪŋ/
double-sided printing
雙面印

PR 034. /blɑk/ /ˈkɑpi/
block copy
曬版原版

PR 035. /ˈprɪntəd/ /ˈmætər/
printed matter
印刷品

PR 036. /ˈprɪntəd/ /ˈmætər/
printed matter
印刷工業

PR 037. /prɪnt/ / θ ru/
print through
透印

PR 038. /ˌprɪntəˈbɪlɪti/
printability
印刷適性

PR 039. /ˈprɪntɪŋ/ /ˈprɛʃər/
printing pressure
印刷壓力

PR 040. /nɪp/
nip
壓印線

PR 041. /dəˈrɛkt/ /ˈprɪntɪŋ/
direct printing
直 接 印 刷

PR 042. /ɪndəˈrɛkt/ /ˈprɪntɪŋ/
indirect printing
間 接 印 刷

PR 043. /ʃit/-/-/fɛd/ /ˈprɪntɪŋ/
sheet-fed printing
單 張 印 刷

PR 044. /wɛb/-/-/fɛd/ /ˈprɪntɪŋ/
web-fed printing
捲 筒 印 刷

PR 045. /ˈsɪŋgəl/-/-/ˈkʌlər/ /ˈprɪntɪŋ/
single-color printing
單 色 印 刷

PR 046. /ˈmʌlti/-/-/ˈkʌlər/ /ˈprɪntɪŋ/
multi-color printing
多 色 印 刷

PR 047. /ˈblæŋkət/ /ˈsɪləndər/
blanket cylinder
橡 皮 布 滾 筒

PR 048. /aʊt/ /əv/ /ˈrɛdʒɪstər/
out of register
套 印 不 準

PR 049. /ˈɡoʊstɪŋ/
ghosting
重影

PR 050. /sɛt/-/ɔf/
set-off
背面粘髒

PR 051. /ˈprɪntɪŋ/ /məˈʃinəri/
printing machinery
印刷機械

PR 052. /pleɪt/ /ˈsɪləndər/
plate cylinder
印版滾筒

PR 053. /ˈprɪntɪŋ/ /ɪŋk/
printing ink
印刷油墨

PR 054. /ˈsɪləndər/-/ˈpækɪŋ/
cylinder-packing
包襯

PR 055. /nɑn/-/ˈɪmpækt/ /ˈprɪntɪŋ/
non-impact printing
無壓印刷

PR 056. /ˈpriˈprɛs/ /ˈprɒs ɛs/
prepress process
印前製程

/'prɪntɪŋ/ /taɪp/
PR 057. printing type
活 字

/taɪp/ /ˌkɑmpə'zɪʃən/
PR 058. type composition
活 字 排 版

/speɪs/
PR 059. space
鉛 空

/taɪp/ /saɪz/
PR 060. type size
字 號

/taɪp/ /'meɪtrɪks/
PR 061. type matrix
字 模

/taɪp/ /'kæstɪŋ/
PR 062. type casting
鑄 字

/'taɪp,sɛtɪŋ/
PR 063. typesetting
揀 字

/pruf/-/'rɛdɪŋ/
PR 064. proof-reading
校 對

PR 065. **page make-up**
/peɪdʒ/ /meɪk/-/ʌp/
裝 版

PR 066. **hot-metal typesetting machine**
/hɑt/-/ˈmɛtəl/ /ˈtaɪpˌsɛtɪŋ/ /məˈʃin/
鑄 排 機

PR 067. **typewriter composition**
/ˈtaɪˌpraɪtər/ /ˌkɑmpəˈzɪʃən/
打 字 排 版

PR 068. **manual phototypesetting**
/ˈmænjuəl/ /ˈfoʊˌtoʊtaɪpˈsɛtɪŋ/
手 動 照 相 排 版

PR 069. **automatic phototypesetting**
/ˌɔtəˈmætɪk/ /ˈfoʊˌtoʊtaɪpˈsɛtɪŋ/
自 動 照 相 排 版

PR 070. **picture original**
/ˈpɪktʃər/ /əˈrɪdʒənəl/
圖 像 原 稿

PR 071. **reflection copy**
/rəˈflɛkʃən/ /ˈkɑpi/
反 射 原 稿

PR 072. **transparent copy**
/trænˈspɛrənt/ /ˈkɑpi/
透 射 原 稿

PR 073. **continuous tone copy**
/kənˈtɪnjuəs/ /toʊn/ /ˈkɑpi/
連 續 調 原 稿

PR 074. **line copy**
/laɪn/ /ˈkɑpi/
線 條 原 稿

PR 075. **color transparency**
/ˈkʌlər/ /trænˈspɛrənsi/
彩 色 正 片 原 稿

PR 076. **color negative**
/ˈkʌlər/ /ˈnɛgətɪv/
彩 色 負 片 原 稿

PR 077. **reproduction**
/ˌriprəˈdʌkʃən/
複 製

PR 078. **photographic color separation**
/ˌfoʊtəˈgræfɪk/ /ˈkʌlər/ /ˌsɛpəˈreɪʃən/
照 相 分 色

PR 079. **process camera**
/ˈprɑˌsɛs/ /ˈkæmərə/
製 版 照 相 機

PR 080. **electronic scanning**
/ɪˌlɛkˈtrɑnɪk/ /ˈskænɪŋ/
電 子 分 色

PR 081. /'pɪktʃər/ /'breɪk,daʊn/
picture breakdown
圖 像 分 解

PR 082. /'kʌlər/ /,sɛpə'reɪʃən/ /fɪlm/
color separation film
分 色 片

PR 083. /'skrinɪŋ/
screening
加 網

PR 084. /'di,skrinɪŋ/
descreening
去 網

PR 085. /ri'tʌtʃɪŋ/
retouching
修 版

PR 086. /'mæskɪŋ/
masking
遮 罩

PR 087. /mæsk/
mask
遮 罩 片

PR 088. /'praɪ,mɛri/ /'kʌlərz/
primary colors
原 色

PR 089. **complementary color**
/ˌkɑmpləˈmɛntri/ /ˈkʌlər/
補色

PR 090. **screen**
/skrin/
網屏

PR 091. **halftone dot,screen dot**
/ˈhæf,toʊn/ /dɑt/,/ˌskrin/ /dɑt/
網點

PR 092. **continuous tone**
/kənˈtɪnjuəs/ /toʊn/
連續調

PR 093. **screen tone**
/skrin/ /toʊn/
網目調

PR 094. **color correction**
/ˈkʌlər/ /kəˈrɛkʃən/
校色

PR 095. **optical density**
/ˈɑptɪkəl/ /ˈdɛnsəti/
光學密度

PR 096. **color density**
/ˈkʌlər/ /ˈdɛnsəti/
色密度

/dɪˈvɛləpmənt/
PR 097. **development**
顯 影

/ˈfɪksɪŋ/
PR 098. **fixing**
定 影

/rɪˈlif/ /ˈprɪntɪŋ/
PR 099. **relief printing**
凸 版 印 刷

/ˈlɛtərˌsɛt/
PR 100. **letterset**
間 接 凸 印

/flekˈsɒɡ.rə.fi/
PR 101. **flexography**
柔 性 版 印 刷

/taɪp/ /fɔrm/
PR 102. **type form**
活 字 版

/ˈstɛriəˌtaɪp/
PR 103. **stereotype**
鉛 版

/ˈkɑpər/ /ˈɛtʃɪŋ/
PR 104. **copper etching**
銅 版

PR 113. /ɛtʃt/ /ɪnˈtæljoʊ/ /pleɪt/
etched intaglio plate
蝕 刻 凹 版

PR 114. /ˈdɑktər/
doctor
刮 墨 刀

PR 115. /ˈpɔrəs/ /ˈprɪntɪŋ/
porous printing
孔 版 印 刷

PR 116. /skrin/ /ˈprɪntɪŋ/
screen printing
網 版 印 刷

PR 117. /ˌspɛʃiˈælɪti/ /ˈprɪntɪŋ/
speciality printing
特 殊 印 刷

PR 118. /hit/ /ˈtrænsfər/ /ˈprɑˌsɛs/
heat transfer process
熱 轉 印

PR 119. /foʊm/ /ˈprɪntɪŋ/
foam printing
發 泡 印 刷

PR 120. /foʊm/ /ˈprɪntɪŋ/
ink-jet printing
噴 墨 印 刷

PR 121. **gauge**
/geɪdʒ/
規 矩

PR 122. **front lay**
/frʌnt/ /leɪ/
前 規

PR 123. **side mark**
/saɪd/ /mɑrk/
側 規

PR 124. **bring into register**
/brɪŋ/ /ˈɪntə/ /ˈrɛdʒɪstər/
套 印

PR 125. **image weakening**
/ˈɪmədʒ/ /ˈwikənɪŋ/
掉 版

PR 126. **scumming**
/ˈskʌmɪŋ/
髒 版

PR 127. **gradation**
/greɪˈdeɪʃən/
糊 版

PR 128. **moire**
/mwɑr/
層 次

PR 129. /ˈkoʊtɪŋ/
coating
錯網

PR 130. /ˈkʌlər/ /rim/
color ream
塗布

PR 131. /ˈfɪlɪŋ/ /ɪn/
filling in
色令

PR 132. /ɪŋk/ /ˈkʌv.ɚ.ɪdʒ/
Ink coverage
油墨遮蓋力

[03]
包　装
PACKAGING

/ˈproʊtəˌtaɪp/
PA 001. **prototype**
原 型

/daɪ/ /laɪn/
PA 002. **die line**
刀 模 線

/haɪt/
PA 003. **height**
高 度

/lɛŋk θ /
PA 004. **length**
長 度

/wɪd θ /
PA 005. **width**
寬 度

/dɛp θ /
PA 006. **depth**
深 度

/ˈprɑdəkt/ /ˈfʌŋkʃən/
PA 007. **product function**
產 品 功 能

/ˈprɑdəkt/ /pəˈzɪʃənɪŋ/
PA 008. **product positioning**
產 品 定 位

PA 009. **box**
/baks/
盒子 ; 箱子

PA 010. **development drawing**
/dɪˈvɛləpmənt/ /ˈdrɔɪŋ/
展 開 圖

PA 011. **packaging design**
/ˈpækɪdʒɪŋ/ /dɪˈzaɪn/
包 裝 設 計

PA 012. **volume**
/ˈvɑljum/
容 量

PA 013. **recyclable**
/riˈsaɪkləbəl/
可 回 收 的

PA 014. **recycle**
/riˈsaɪkəl/
回 收

PA 015. **sustainable packaging**
/səˈsteɪnəbəl/ /ˈpækɪdʒɪŋ/
綠 色 永 續 包 裝

PA 016. **sustainability**
/sə,steɪnəˈbɪlɪti/
永 續 性

PA 017. /ri'uzəbəl/ /'pækɪdʒɪŋ/
reusable packaging
可 重 複 使 用 包 裝

PA 018. /dɪ'spoʊzəbəl/
disposable
一 次 性 使 用 的

PA 019. /ikə'lɑdʒɪkəl/ /'fʊt,prɪnt/
ecological footprint
生 態 足 跡

PA 020. /'kɑrbən/ /'fʊt,prɪnt/
carbon footprint
碳 足 跡

PA 021. /,baɪ.oʊ.dɪ'greɪ.də.bəl/
biodegradable
可 生 物 分 解 的

PA 022. /'mɛtəl/ /kæn/
metal can
金 屬 罐

PA 023. /tu/-/pis/ /kæn/
two-piece can
兩 片 罐

PA 024. /raʊnd/ /kæn/
round can
圓 罐

PA 025. /rɛkˈtæŋgjələr/ /kæn/
rectangular can
方 罐

PA 026. /ˈtræp.ɪ.zɔɪd/ /kæn/
trapezoid can
梯 形 罐

PA 027. /drɔn/ /kæn/
drawn can
淺 沖 罐

PA 028. /dip/ /drɔn/ /kæn/
deep drawn can
深 沖 罐

PA 029. /kəmˈpɑzət/ /kæn/
composite can
組 合 罐

PA 030. /ɪˈrɛgjələr/ /kæn/
irregular can
異 形 罐

PA 031. /ˈoʊvəl/ /kæn/
oval can
橢 圓 罐

PA 032. /nɛkt/ -/ɪn/ /kæn/
necked-in can
縮 頸 罐

PA 033. /rɪ'zɪstəns/ /'wɛldɪŋ/ /kæn/
resistance welding can
焊縫罐

PA 034. /'izi/ /'oʊpən/ /kæn/
easy open can
易開罐

PA 035. /ə'lumənəm/ /kæn/
aluminum can
鋁質罐

PA 036. /fʊl/ /'oʊpən/ /kæn/
full open can
全開蓋

PA 037. /kən'teɪnər/
container
容器

PA 038. /'sɑdərd/ /kæn/
soldered can
錫焊罐

PA 039. /ki/ /'oʊpən/ /kæn/
key open can
卷開罐

PA 040. /pleɪn/ /'tɪn.pleɪt/ /kæn/
plain tinplate can
索鐵罐

PA 041. /'oʊpən/ /tap/ /kæn/
open top can
頂 開 罐

PA 042. /'izi/ /'oʊpən/ /ɛnd/
easy open end
易 開 蓋

PA 043. /'mɛtəl/ /drʌm/
metal drum
金 屬 大 桶

PA 044. /saft/ /drɪŋk/ /'batəl/
soft drink bottle
軟 飲 料 瓶

PA 045. /glæs/ /kən'teɪnərz/
glass containers
玻 璃 容 器

PA 046. /'soʊdə/-/laɪm/-/'sɪləkə/ /glæs/
soda-lime-silica glass
鈉 鈣 矽 玻 璃

PA 047. /'kɔrəˌgeɪtəd/ /baks/
corrugated box
瓦 楞 紙 箱

PA 048. /'kartən/
carton
紙 箱

PA 049. /ˈwʊdən/ /keɪs/
wooden case
木 箱

PA 050. /ˈplæstɪk/ /trænˈspɛrənsi/ /bɑks/
plastic transparency box
塑 料 透 明 盒

PA 051. /ˈstaɪrin/ /bɑks/
styrol box
苯 乙 烯 盒

PA 052. /bæg/ (/sæk/)
bag (sack)
袋

PA 053. /klɔ θ / /bæg/
cloth bag
布 袋

PA 054. /ˈgʌni/ /bæg///dʒut/ /bæg/
gunny bag/jute bag
麻 袋

PA 055. /ˈnaɪˌlɑn/ /bæg/
nylon bag
尼 龍 袋

PA 056. /ˌpɑˌliˈproʊpəˌlin/ /bæg/
polypropylene bag
聚 丙 烯 袋

PA 057. /ˌpɑlɪˈθin//bæg/
polythene bag
聚 乙 烯 袋

PA 058. /ˈpɑli//bæg/
poly bag
塑 料 袋

PA 059. /ˈsɛləˌfeɪn//bæg/
callophane bag
玻 璃 紙 袋

PA 060. /ˈmɔɪstʃər//pruf//ˈpeɪdʒər//bæg/
moisture proof pager bag
防 潮 紙 袋

PA 061. /ˈbatəl/
bottle
瓶

[04]　插　畫
ILLUSTRATION

/ˌɪləˈstreɪʃən/
I 001. **illustration**
插畫

/ˈɪləˌstreɪtər/
I 002. **illustrator**
插畫師

/ˌɪləˈstreɪʃən/ /dɪˈzaɪn/
I 003. **illustration design**
插畫設計

/hænd/-/drɔn/ /ˌɪləˈstreɪʃənz/
I 004. **hand-drawn illustrations**
手繪插畫

/kəmˈpjutər/ /ˈɡræfɪks/
I 005. **computer graphics**
電腦繪圖

/ˈdrɔɪŋ/
I 006. **drawing**
繪圖

/peɪnt/
I 007. **paint**
著色

/ˈdudəl/
I 008. **doodle**
隨手亂畫

/skɛtʃ/
I 009. **sketch**
素 描

/grəˈfiti/
I 010. **graffiti**
塗 鴉

/ˈaʊtˌlaɪn/
I 011. **outline**
勾 勒

/ˈkɑmɪk/
I 012. **comic**
漫 畫

/dræft/
I 013. **draft**
草 圖

/ˈmæŋgə/
I 014. **manga**
日 本 漫 畫

/ˌɛdəˈtɔriəl/ /kɑrˈtun/
I 015. **editorial cartoon**
時 事 評 論 漫 畫

/ˈkɛrəkətʃər/
I 016. **caricature**
諷 刺 漫 畫

/greɪˈdeɪʃən/
I 017. **gradation**
漸 層 ; 層 次

/ˌɪntərˈmidiɪt/ /ˈkʌlər/
I 018. **intermediate color**
中 間 色

/ˌkɑmpləˈmɛntri/ /ˈkʌlər/
I 019. **complementary color**
互 補 色

/ˈʃæˌdoʊ/
I 020. **shadow**
陰 影

/ˈleɪər/
I 021. **layer**
圖 層

/ˌkɑmpəˈzɪʃən/
I 022. **composition**
構 圖

/kənˈsɛpʃən/
I 023. **conception**
構 思

/ˈleɪərz/ /əv/ /speɪs/
I 024. **layers of space**
空 間 層 次

1025. **perspective**
/pərˈspɛktɪv/
透視畫法

1026. **one-point perspective**
/wʌn/-/pɔɪnt/ /pərˈspɛktɪv/
單點透視法

1027. **tow-point perspective**
/toʊ/-/pɔɪnt/ /pərˈspɛktɪv/
兩點透視

1028. **three-point perspective**
/ θ ri/-/pɔɪnt/ /pərˈspɛktɪv/
三點透視

1029. **linear perspective**
/ˈlɪniər/ /pərˈspɛktɪv/
線性透視法

1030. **vanishing point**
/ˈvænɪʃɪŋ/ /pɔɪnt/
消失點

1031. **bird's eye view**
/bɜrdz/ /aɪ/ /vju/
鳥瞰圖

1032. **vignette**
/vɪnˈjɛt/
暈邊

/waɪp/
1033. **wipe**
刷去

/grɪˈzaɪ/
1034. **grisaille**
灰色繪法

/ɪmˈpæstoʊ/
1035. **impasto**
厚塗

/brʌʃ/
1036. **brush**
筆刷

/brʌʃ/ /stroʊks/
1037. **brush strokes**
筆觸

/brʌʃ/ /ˈhɑrdnəs/
1038. **brush hardness**
筆刷硬度

/ˈkɛrɪktər/ /dɪˈzaɪn/
1039. **character design**
角色設計

/skrin/ /toʊn/
1040. **screen tone**
網點

/'nɛgətɪv/ /speɪs/
1041. **negative space**
負 空 間 / 留 白

/'kɑkɪŋ/
1042. **cocking**
摹 寫

/kan'dʒante/
1043. **cangiante**
換 色 法

/ki,ɑr ə'skyʊər oʊ/
1044. **chiaroscuro**
明 暗 對 照 法

/sfu'mɑ toʊ/
1045. **sfumato**
暈 塗 法

/ʌnaɪ'oʊni/
1046. **unione**
統 合 法

/'pætərn/
1047. **pattern**
圖 案

/fɔr'meɪʃən/
1048. **formation**
造 型

/ˈkɒntʊə/
I 049. **contour**
輪廓

/dʌl/ /ˈkʌlər/
I 050. **dull color**
濁色

/laɪt/ /ˈkʌlər/
I 051. **light color**
明色

/dɑrk/ /ˈkʌlər/
I 052. **dark color**
暗色

/ˈkreɪˌɑn/
I 053. **crayon**
蠟筆

/ˈwɔtərˌkʌlər/
I 054. **watercolor**
水彩

/ɔɪl/ /peɪnts/
I 055. **oil paints**
油畫

/pæˈstɛl/
I 056. **pastel**
粉彩

/ˌsætʃəˈreɪʃən/
1057. **saturation**
彩度

/ˈvælju/
1058. **value**
明度

/ɛsˈθɛtɪks/
1059. **aesthetics**
美學

/ˈɔɪli/
1060. **oily**
油性

/ˈkʌlərd/ /ˈpɛnsəl/
1061. **colored pencil**
色鉛筆

/mɪkst/ /ˈmidiə/
1062. **mixed media**
混合媒材

/əˈkrɪlɪk/ /ˈpeɪntɪŋz/
1063. **acrylic paintings**
壓克力畫

/kəˈlɪɡrəfi/
1064. **calligraphy**
書法

1065. /ˈʧaɪˈniz/ /ˈpeɪntɪŋz/ **chinese paintings**
國畫

1066. /ˈistərn/ /gwɑʃ/ **eastern gouache**
膠彩畫

1067. /ɪŋk/ /ˈpeɪntɪŋz/ **ink paintings**
水墨

1068. /ˈɛʧɪŋ/ **etching**
蝕刻版畫

1069. /ˈkænvəs/ **canvas**
畫布

1070. /ˈizəl/ **easel**
畫架

1071. /ˈfɪksətɪv/ **fixative**
固定劑

1072. /ˈpælət/ **palette**
調色板

/ˈpælət/ /naɪf/
1073. **palette knife**
畫 刀

/ˈpɪgmənt/
1074. **pigment**
顏 料

/ˈskɛtʃˌbʊk/
1075. **sketchbook**
素 描 簿

/ˈsɑlvənt/
1076. **solvent**
溶 劑

/ˈtɜrpənˌtaɪn/
1077. **turpentine**
松 節 油

/kroʊˈki/
1078. **croquis**
人 體 速 寫

/ˈtʃɑrˌkoʊl/
1079. **charcoal**
炭 筆

/tʃɑk/
1080. **chalk**
粉 筆

/ˌsɪləˈwɛt/
1081. **silhouette**
側 影 、 輪 廓

/stɪk/ /ˈfɪgjər/
1082. **stick figure**
單 線 條 畫

/trænˈspɛrənt/
1083. **transparent**
透 明

/ˈwɔtər/-/-ˈbeɪst/
1084. **water-based**
水 性

/kəˈlɪgrəfi/ /brʌʃ/
1085. **calligraphy brush**
毛 筆

/ɪŋk/
1086. **ink**
墨

/ˈmænjəˌskrɪpt/
1087. **manuscript**
手 稿

/dɪp/ /pɛn/
1088. **dip pen**
沾 水 筆

/'æbstrækt/
1089. **abstract**
抽 象 的

/faʊn'deɪʃən/
1090. **foundation**
基 礎

/'ɛər,brʌʃ/
1091. **airbrush**
噴 槍 、 噴 色

/sɜr/ /lə/ /moʊ'tif/
1092. **sur le motif**
寫 實 畫 派

/'mɑrkər/
1093. **marker**
馬 克 筆

/ə'proʊtʃəz/
1094. **approaches**
畫 法

/'sɛlə,lɔɪd/
1095. **celluloid**
賽 璐 璐

/'græfɪks/ /'tæblət/
1096. **graphics tablet**
數 位 繪 圖 板

I 097. **key light**
/ki/ /laɪt/
主 光 源

I 098. **stick figure**
/stɪk/ /ˈfɪgjər/
簡 筆 畫

I 099. **american cartoon**
/əˈmɛrəkən/ /kɑrˈtun/
美 式 卡 通

I 100. **print**
/prɪnt/
版 畫

I 101. **collage**
/kəˈlɑʒ/
拼 貼 畫

I 102. **fantasy**
/ˈfæntəsi/
奇 幻

I 103. **science fiction**
/ˈsaɪəns/ /ˈfɪkʃən/
科 幻

I 104. **retro**
/ˈrɛtroʊ/
復 古

/'saɪ bər,pʌŋk/
I 105. **cyberpunk**
賽 博 龐 克

/sɪm'plɪsəti/
I 106. **simplicity**
簡 約

/'mɪnəməlɪst/
I 107. **minimalist**
極 簡

/loʊ/-/'pali/
I 108. **low-poly**
低 多 邊 形

/'peɪpər//kʌt/
I 109. **paper cut**
剪 紙

/,riə'lɪstɪk/
I 110. **realistic**
寫 實

/'pɪksəl//ɑrt/
I 111. **pixel art**
像 素 藝 術

/prɪ'saɪs//'kɑpi/
I 112. **precise copy**
臨 摹

/rul/ /əv/ / θ ɜrdz/

113. rule of thirds
三 分 構 圖 法

[05]　　　　　　書　籍

BOOK

/'tɛkstˌbʊk/
B 001. **textbook**
教科書

/'mægəˌzin/
B 002. **magazine**
雜誌

/'rɛfərəns/ /bʊk/
B 003. **reference book**
工具書

/'tʃɪldrənz/ /bʊk/
B 004. **children's book**
童書

/pɑp/-/ʌp/ /bʊk/
B 005. **pop-up book**
立體書

/'pɪktʃər/ /bʊk/
B 006. **picture book**
繪本

/'kɑmɪk/ /bʊk/
B 007. **comic book**
漫畫書

/baɪ'ɑgrəfi/
B 008. **biography**
傳記

/ˈtrævəl/ /gaɪd/
B 009. **travel guide**
旅 遊 書

/ˈkʊkˌbʊk/
B 010. **cookbook**
食 譜

/ˈfɪkʃən/
B 011. **fiction**
小 說

/ˈhɑrdˌkʌvər/
B 012. **hardcover**
精 裝 書

/ˈpeɪpərˌbæk/
B 013. **paperback**
平 裝 書

/bɔrd/ /bʊk/
B 014. **board book**
硬 頁 書

/ˈbʊkˌbaɪn dɪŋ/
B 015. **bookbinding**
裝 訂

/ˈpɜrˌfɪkt/ /baʊnd/
B 016. **perfect bound**
膠 裝

/'sædəl/ /stɪtʃ/
B 017. **saddle stitch**
騎 馬 釘

/lup/ /stɪtʃ/ /'baɪndɪŋ/
B 018. **loop stitch binding**
歐 姆 釘

/saɪd/ /soʊn/
B 019. **side sewn**
側 邊 縫 線

/'sædəl/ /soʊn/
B 020. **saddle sewn**
中 間 車 縫 裝

/ θ rɛd/ /soʊn/-/glud/
B 021. **thread sewn-glued**
穿 線 膠 裝

/leɪ/ /flæt/
B 022. **lay flat**
蝴 蝶 裝

/ɪk'spoʊzd/ /spaɪn/ /keɪs/ /baʊnd/
B 023. **exposed spine case bound**
裸 背 精 裝

/flæt/ /spaɪn/ /keɪs/ /baʊnd/
B 024. **flat spine case bound**
方 背 精 裝

/raʊnd/ /spaɪn/ /keɪs/ /baʊnd/
B 025. round spine case bound
圓 背 精 裝

/flɛks/ /baʊnd/ /keɪs/
B 026. flex bound case
軟 皮 精 裝

/ˈwaɪər/ /oʊ/ /baʊnd/
B 027. wire o bound
線 圈 裝

/kənˈsild/ /ˈwaɪər/
B 028. concealed wire
活 頁 線 圈 裝

/ˈplæstɪk/ /grɪp/
B 029. plastic grip
塑 膠 夾

/ˈspaɪrəl/ /ˈbaɪndɪŋ/
B 030. spiral binding
螺 旋 裝

/frʌnt/ /ˈkʌvər/
B 031. front cover
封 面

/bæk/ /ˈkʌvər/
B 032. back cover
封 底

/spaɪn/
B 033. **spine**
書背 / 書脊

/'taɪtəl/ /peɪdʒ/
B 034. **title page**
書名頁

/'kɑpi,raɪt/ /peɪdʒ/
B 035. **copyright page**
版權頁

/'teɪbəl/ /əv/ /'kɑntɛnts/
B 036. **table of contents**
目錄

/'kʌvər/ /flæp/
B 037. **cover flap**
折書口

/tɛkst/ /blɑk/
B 038. **text block**
內頁

/'flaɪ,lif/
B 039. **flyleaf**
扉頁

/foʊld/-/aʊt/ /peɪdʒ/
B 040. **fold-out page**
拉頁

/dʌst/ /ˈdʒækət/
B 041. **dust jacket**
書衣

/ræp/-/-əˈraʊnd/ /bænd/
B 042. **wrap-around band**
書腰

/ˌhɔrəˈzɑntəl/ /ˈsɛtɪŋ/ /əv/ /taɪps/
B 043. **horizontal setting of types**
橫排

/ˈvɜrtɪkəl/ /ˈsɛtɪŋ/ /əv/ /taɪps/
B 044. **vertical setting of types**
豎排

/ˈlidɪŋ/
B 045. **leading**
行距

/taɪp/ /ˈɛriə/
B 046. **type area**
版面

/taɪp/ /peɪdʒ/
B 047. **type page**
版心

/ˈmɑrdʒənz/
B 048. **margins**
版口

/hɛd/ /ˈmɑrdʒən/

B 049. head margin

天 頭

/fʊt/ /ˈmɑrdʒən/

B 050. foot margin

地 腳

/peɪdʒ/ /ˈnʌmbər/

B 051. page number

頁 碼

/ˈprufɪŋ/

B 052. proofing

打 樣

/ˈkʌvər/ /pəˈzɪʃən/

B 053. cover position

封 面 版 位

/ˈkʌvər/ /ræp/

B 054. cover wrap

封 面 書 衣

FONT

/təˈpɑgrəfi/
F 001. **typography**
字 型 學

/blækˈlɛtər/
F 002. **blackletter**
黑 體 字

/ˈroʊmən/ /taɪp/, /ˈhjumənɪst/ /taɪp/
F 003. **Roman type, humanist type**
人 文 風 格 字 體

/oʊld/ /staɪl/ /taɪp/
F 004. **old style type**
舊 風 格 字 體

/trænˈsɪʃənəl/ /taɪp/
F 005. **transitional type**
過 渡 時 期 字 體

/ˈmɑdərn/ /taɪp/
F 006. **modern type**
現 代 體

/ɪˈdʒɪpʃən/ /taɪp/, /slæb/ /ˈsɛr ɪf/
F 007. **Egyptian type, slab serif**
埃 及 體 (方 塊 體)

/sænz/-/ˈsɛr ɪf/
F 008. **sans-serif**
無 襯 線 體

/'sɛr ɪf/
F 009. **serif**
襯 線

/'trækɪŋ/
F 010. **tracking**
字 元 間 距

/'kɜrnɪŋ/
F 011. **kerning**
字 體 空 隙

/prə'pɔrʃənəl/
F 012. **proportional**
不 定 寬

/'mɒnəʊ,speɪst/
F 013. **monospace**
定 寬

/fɑnts/
F 014. **fonts**
字 型

/'taɪp,feɪs/
F 015. **typeface**
字 體

/'lɛt ər,fɔrm/
F 016. **letterform**
字 母 形 式

/ˈpærəˌgræf/
F017. **paragraph**
段落

/ˈligəCHər/
F018. **ligature**
合字

/ˈtaɪpˌsɛtər/
F019. **typesetter**
排字員

/ˈtaɪpˌsɛtər/
F020. **typographer**
字體排印師

/ˈtaɪpˌstaɪl/
F021. **typestyle**
字樣

/stroʊk/-/fɑnts/
F022. **stroke-fonts**
曲線邊字

/ˈvɛktər/-/fɑnts/
F023. **vector-fonts**
向量字

/ˈaʊtˌlaɪn/-/fɑnts/
F024. **outline-fonts**
外框字

/dɑt/-/ˈmeɪtrɪks/-/fɑnts/
F 025. dot-matrix-fonts
點陣字

/weɪt/
F 026. weight
字重

/stroʊk/ /wɪd θ/
F 027. stroke width
筆畫粗細

/ θ ɪn/ , /ˈhɛr,laɪn/
F 028. thin, hairline
淡體

/ˈɛkstrə/-/laɪt/ , /ˈʌltrə/-/laɪt/
F 029. extra-light, ultra-light
特細

/laɪt/
F 030. light
細體

/ˈdɛmi/-/laɪt/
F 031. demi-light
次細

/ˈrɛgjələr/ , /ˈnɔrməl/
F 032. regular, normal
標準

/'midiəm/
F 033. **medium**
適 中

/'dɛmi/-/boʊld/ , /'sɛmi/-/boʊld/
F 034. **demi-bold, semi-bold**
次 粗

/boʊld/
F 035. **bold**
粗 體

/'ɛkstrə/-/boʊld/ , /'ʌltrə/-/boʊld/
F 036. **extra-bold, ultra-bold**
特 粗

/blæk/ , /'hɛvi/
F 037. **black, heavy**
濃 體

/'ɛkstrə/-/blæk/ , /'ʌltrə/-/blæk/
F 038. **extra-black, ultra-black**
特 濃

/sloʊp/ , /'slæntəd/ /staɪl/
F 039. **slope, slanted style**
傾 斜

/aɪ'tælɪk/ /taɪp/
F 040. **italic type**
斜 體

/ə'blik/ /taɪp/
F 041. oblique type
偽 斜 體

/'rɛgjələr/ /skrɪpt/
F 042. regular script
楷 書

/'kɜr sɪv/ /skrɪpt/
F 043. cursive script
草 書

/stroʊk/ /'ɔrdər/
F 044. stroke order
筆 順

F 045. POP (point of purchase typeface)
P O P 字 體

C 001. **chromatology**
/krəumə'tɔlədʒi/
色彩學

C 002. **hue**
/hju/
色相

C 003. **chroma**
/'krōmə/
彩度

C 004. **value**
/'vælju/
明度

C 005. **tone**
/toʊn/
色調

C 006. **saturation**
/ˌsætʃə'reɪʃən/
飽和度

C 007. **principles of form**
/'prɪnsəpəlz/ /əv/ /fɔrm/
美的形式原理

C 008. **contract**
/'kɑnˌtrækt/
對比

/prəˈpɔrʃən/
C 009. proportion
比例

/ˈhɑrməni/
C 010. harmony
調和

/ˈpraɪˌmɛri/ /ˈkʌlər/
C 011. primary color
原色

/pjʊr/ /ˈkʌlər/
C 012. pure color
清色

/ˈtoʊnəl/ /ˈkʌlər/
C 013. tonal color
濁色

/tɪnt/ /ˈkʌlər/
C 014. tint color
明色

/fʊl/ /ˈkʌlər/
C 015. full color
純色

/fʊl/ /ˈkʌlər/ /ˈkɑntɛnts/
C 016. full color contents
純色量

/waɪt/ /'kɑntɛnts/
C017. **white contents**
白 色 量

/blæk/ /'kɑntɛnts/
C018. **black contents**
黑 色 量

/'nutrəl/ /'kʌlər/
C019. **neutral color**
中 性 色

/'kʌlər/ /'sɑləd/
C020. **color solid**
色 立 體

/'kʌlər/ /wil/
C021. **color wheel**
色 相 環

/'kʌlər/ /tʃɑrt/
C022. **color chart**
演 色 表

/dʌl/
C023. **dull**
濁 色 調

/ˌakrə'madik/ /'kʌlər/
C024. **achromatic color**
無 彩 色

/'fæʃən/ /'kʌlər/
C 025. **fashion color**
流 行 色

/rɪ'sidɪŋ/ /'kʌlər/
C 026. **receding color**
流 行 色

/ˌkɑmplə'mɛntri/ /'kʌlər/
C 027. **complementary color**
補 色

/'kʌlər/ /'kɑnstənsi/
C 028. **color constancy**
色 彩 恆 常 心 理

/krō' mĕs-thē' zhə/
C 029. **chromesthesia**
色 彩 共 感 覺

/'kʌlər/ /ˌædəp'teɪʃən/
C 030. **color adaptation**
色 適 應

/'æftər/ /'ɪmədʒ/
C 031. **after image**
殘 像

/'kʌlər/ /'ʃæˌdoʊ/
C 032. **color shadow**
色 陰 現 象

/'kʌlər/ /ə,soʊsi'eɪʃən/
C 033. **color association**
色 彩 聯 想

/mə'dʒɛntə/
C 034. **magenta**
洋 紅

/saɪ'æn/
C 035. **cyan**
青 色

/'kʌlər/ /'ɔrdər/ /'sɪstəm/
C 036. **color order system**
色 彩 體 系

C 037. **CIE**
國 際 照 明 委 員 會

C 038. **ICFTC**
國 際 流 行 色 彩 委 員 會

C 039. **NCS**
自 然 色 彩 體 系

C 040. **PCCS**
日 本 色 研 色 體 系

C 041. /ˈitnz/ /ˈkʌlər/ /ˈsɪstəm/
Itten's color system
伊 登 色 彩 體 系

C 042. /ˈmʌnsəlz/ /ˈkʌlər/ /ˈsɪstəm/
Munsell's color system
曼 賽 爾 色 彩 體 系

C 043. /ˈɑstwəldz/ /ˈkʌlər/ /ˈsɪstəm/
Ostwald's color system
奧 斯 華 德 色 彩 體 系

C 044. /ˈnutənz/ /ˈkʌlər/ /ˈsaɪkəl/
Newton's color cycle
牛 頓 色 環

C 045. /ˈvɪvəd/
vivid
鮮 豔 色 調

C 046. /braɪt/
bright
明 亮 色 調

C 047. /strɔŋ/
strong
強 烈 色 調

C 048. /dip/
deep
深 色 調

C 049. **light**
/laɪt/
淺 色 調

C 050. **soft**
/sɑft/
柔 色 調

C 051. **dull**
/dʌl/
鈍 色 調

C 052. **dark**
/dɑrk/
暗 色 調

C 053. **pale**
/peɪl/
淡 色 調

C 054. **light grayish**
/laɪt/ /'greɪɪʃ/
淺 灰 色 調

C 055. **grayish**
/'greɪɪʃ/
灰 色 調

C 056. **dark grayish**
/dɑrk/ /'greɪɪʃ/
暗 灰 色 調

/ˈkʌlər/ /slɪp/
C 057. color slip
色 票

/ˈspɛktrəm/
C 058. spectrum
光 譜

/ˌkroʊ məˈtɪs ɪ ti/
C 059. chromaticity
色 度

/ˈkʌlər/ /ˈtɛmprətʃər/
C 060. color temperature
色 溫

/əˈnæləgəs/ /ˈkʌlər/
C 061. analogous color
類 似 色

/ˈsɛkənˌdɛri/ /ˈkʌlər/
C 062. secondary color
二 次 色

/ʃeɪd/
C 063. shade
暗 色 調

/ˌɪntərˈmidiɪt/ /ˈkʌlər/
C 064. intermediate color
中 間 色

/ˈkʌlər/ /ˈhɑrməni/
C 065. **color harmony**
色彩調和

/ˈkʌlər/ /ˈplænɪŋ/
C 066. **color planning**
色彩計畫

/ˈkrɪmzən/
C 067. **crimson**
緋色

/ˈkɑrmən/
C 068. **carmine**
紫紅色

/ˈgɑrnət/
C 069. **garnet**
暗紅色

/bʌf/
C 070. **buff**
淺黃色

/ˈɪndəˌgoʊ/
C 071. **indigo**
靛青色

/ˈaɪvəri/
C 072. **ivory**
象牙白色

/beɪʒ/
C 073. **beige**
米白色

/'kɑki/
C 074. **khaki**
卡其色

/'kɔrəl/
C 075. **coral**
珊瑚紅色

/'æmbər/
C 076. **amber**
琥珀色

/'tɜrkwɔɪz/
C 077. **turquoise**
綠松色 / 土耳其藍色

/'sɛlə,dɑn/
C 078. **celadon**
青瓷綠

/til/
C 079. **teal**
藍綠色

/'æʒər/
C 080. **azure**
天藍色

/ˈkʌlər/ /ˈfɔr͵kæstɪŋ/
C 081. **color forecasting**
色 彩 預 測

/ˈkʌlər/ /mætʃ/
C 082. **color match**
配 色

/ˈɑbdʒɛkt/ /ˈkʌlər/
C 083. **object color**
物 體 色

/ˈprɑpər/ /ˈkʌlər/
C 084. **propor color**
固 有 色

/ˈkʌlərɪŋ/ /məˈtɪriəl/
C 085. **coloring material**
色 料

/ θ ri/-/kəmˈpoʊnənt/ /ˈ θ ɪri/
C 086. **three-component theory**
色 覺 三 色 學 說

/juˈnik/ /ˈkʌlər/
C 087. **unique color**
心 理 純 色

/əˈpoʊnənt/ /ˈkʌlər/ /ˈ θ ɪri/
C 088. **opponent color theory**
對 比 色 理 論

C 089. **XYZ color system**
/ɛks-waɪ-zi/ /ˈkʌlər/ /ˈsɪstəm/
ＸＹＺ表色系

C 090. **environmetal color**
/ɪnˌvaɪrənˈmɛntəl/ /ˈkʌlər/
環境色

C 091. **color engineering**
/ˈkʌlər/ /ˈɛndʒəˈnɪrɪŋ/
色彩工程

C 092. **color reproduction**
/ˈkʌlər/ /ˌriprəˈdʌkʃən/
色彩再現

C 093. **color synesthesia**
/ˈkʌlər/ /ˌsɪn əsˈθi ʒə/
色彩聯覺

C 094. **color value**
/ˈkʌlər/ /ˈvælju/
色價

C 095. **color symbolism**
/ˈkʌlər/ /ˈsɪmbəˌlɪzəm/
色彩象徵

C 096. **color functionalism**
/ˈkʌlər/ /ˈfʌŋkʃənəlɪzəm/
色彩功能姓

/ˈkʌlər/ /ɪnˈtɛnsəti/
C 097. color intensity
色 彩 飽 和 度 ; 色 彩 濃 度

/ˈædətɪv/ /ˈkʌlər/
C 098. additive color
加 色 法

/ˈkʌlər/ /speɪs/
C 099. color space
色 彩 空 間

/ɑr-dʒi-bi/ /ˈkʌlər/ /ˈmɑdəl/
C 100. RGB color model
三 原 色 光 模 式

/səbˈtræk tɪv/ /ˈkʌlər/
C 101. subtractive color
減 色 法

/ˈlaɪtnəs/
C 102. lightness
亮 度

/si-ɛm-waɪ-keɪ/ /ˈkʌlər/ /ˈmɑdəl/
C 103. CMYK color model
印 刷 四 分 色 模 式

/ˈgæmət/
C 104. gamut
色 域

/ˌmɒn ə kroʊˈmæt ɪk/
C 105. **monochromatic**
單色

/mɔˈrɑndi/ /ˈkʌlər/
C 106. **morandi color**
莫 蘭 迪 色

/ˈvɪzəbəl/ /ˈspɛktrəm/
C 107. **visible spectrum**
可 見 光 譜

/ˈhæfˌtoʊn/
C 108. **halftone**
半 色 調

/ˈkʌlər/ /ˈbæləns/
C 109. **color balance**
色 彩 平 衡

/ɜr θ / /toʊn/
C 110. **earth tone**
大 地 色 系

/ˈkʌlər/ /koʊd/
C 111. **color code**
色 碼

/si-aɪ-i-ɛl-eɪ-bi/ /ˈkʌlər/ /speɪs/
C 112. **CIELAB color space**
C I E L A B 色 彩 空 間

/splɪt-/ˌkɑmpləˈmɛntri/ /ˈkʌlərz/

C 113. split-complementary colors
補色分割配色法

/tɛˈtrædɪk/ /ˈkʌlərz/

C 114. tetradic colors
矩形配色法

/trɪˈadik/ /ˈkʌlərz/

C 115. triadic colors
三等分配色法

/skwɛr/ /ˈkʌlərz/

C 116. square colors
方形配色法

/ˈkʌlər/ /ˈvɪʒən/

C 117. color vision
彩色視覺

/pərˈkɪn dʒi/ /ɪˈfɛkt/

C 118. purkinje effect
薄暮現象

[08] 設 計 史
DESIGN HISTORY

/ˌɑrkə'tɛktʃərəl/ /staɪl/
H 001. **architectural style**
建 築 風 格

/'bɪzən,taɪn/ /'ɑrkə,tɛktʃər/
H 002. **Byzantine architecture**
拜 占 庭 建 築

/'gɑθɪk/ /'ɑrkə,tɛktʃər/
H 003. **gothic architecture**
哥 德 式 建 築

/ɔr'gænɪk/ /'ɑrkə,tɛktʃər/
H 004. **organic architecture**
有 機 建 築

/ðə/ /ˌrɛnə'sɑns/
H 005. **the renaissance**
文 藝 復 興

/'hjumə,nɪzəm/
H 006. **humanism**
人 文 主 義

/'mænə,rɪzəm/
H 007. **mannerism**
矯 飾 主 義

/ˌækə'dɛmɪkɪz(ə)m/
H 008. **academicism**
學 院 派

/ˌræʃəˈnælɪz(ə)m/
H 009. rationalism
理 性 主 義

/ɪˈræʃənəlɪz(ə)m/
H 010. irrationalism
非 理 性 主 義

/ˈklæsɪˌsɪzəm/
H 011. classicism
古 典 主 義

/ˌnioʊˈklæsɪkɪz(ə)m/
H 012. neoclassicism
新 古 典 主 義

/roʊˈmæntəˌsɪzəm/
H 013. Romanticism
浪 漫 主 義

/ˈriəlɪzm/
H 014. realism
現 實 主 義

/ɪmˈprɛʃəˌnɪzəm/
H 015. impressionism
印 象 派

/ˌpoʊstɪmˈprɛʃəˌnɪzəm/
H 016. postimpressionism
後 印 象 派

/ˈnioʊ/-/ɪmˈpreʃəˌnɪzəm/

H017. neo-impressionisme

新 印 象 派

/ˈdʒæpəˌnɪzəm/

H018. Japonisme

日 本 主 義

/ɪnˈdʌstriəl/ /ˌrɛvəˈluʃən/

H019. industrial revolution

工 業 革 命

/ðə/ /ˈkrɪstəl/ /ˈpæləs/

H020. the crystal palace

水 晶 宮

/wɜrldz/ /fɛr/

H021. world's fair

萬 國 博 覽 會

/ɑrts/ /ənd/ /kræfts/ /ˈmuvmənt/

H022. arts and crafts movement

美 術 工 藝 運 動

/vɪkˈtɔriən/ /staɪl/

H023. Victorian style

維 多 利 亞 風 格

/kræfts/

H024. crafts

手 工 藝

/ˈkræftsmən/
H 025. **craftsman**
工 匠

/kræfts/ /rɪˈvaɪvəl/
H 026. **crafts revival**
手 工 藝 復 興

/ˈnætʃərəˌlɪzəm/
H 027. **naturalism**
自 然 主 義

/bəˈroʊk/
H 028. **baroque**
巴 洛 克

/ɑrt/ /ˌnuˈvoʊ/
H 029. **art nouveau**
新 藝 術

/ˈsɪmbəˌlɪzəm/
H 030. **symbolism**
象 徵 主 義

/ʊˈki yɔˈɛ/
H 031. **ukiyoe**
浮 世 繪

/rəˈkoʊˌkoʊ/
H 032. **rococo**
洛 可 可

/'mɑdər,nɪzəm/
H 033. **modernism**
現 代 主 義

/'præɡmə,tɪzəm/
H 034. **pragmatism**
實 用 主 義

/'dɔytʃər 'vɛrkbʊnd/
H 035. **Deutscher werkbund**
德 國 工 作 聯 盟

/stændərdɪ'zeɪʃən/
H 036. **standardization**
標 準 化

/kən'strʌktɪvɪz(ə)m/
H 037. **constructivism**
構 成 主 義

/ˌfoʊ tə mɒn'tɑʒ/
H 038. **photomontage**
蒙 太 奇

/ˌdʒiə'mɛtrɪk/ /æb'strækʃən/
H 039. **geometric abstraction**
幾 何 抽 象

/sə'prɛm ə,tɪz əm, sʊ-/
H 040. **suprematism**
至 上 主 義

92

/'kjubɪzəm/
H 041. **cubism**
立 體 主 義

/'fjuʧə͵rɪzəm/
H 042. **futurism**
未 來 主 義

/͵mænə'fɛ͵stoʊ/ /əv/ /'fjuʧə͵rɪzəm/
H 043. **manifesto of futurism**
未 來 主 義 宣 言

/ɪk'sprɛʃə͵nɪzəm/
H 044. **expressionism**
表 現 主 義

/blu/ /'raɪdər/
H 045. **blue rider**
青 騎 士

/'sɪmbə͵lɪzəm/
H 046. **symbolism**
象 徵 主 義

/'æbsə͵lu͵tɪzəm/
H 047. **absolutism**
絕 對 主 義

/də 'staɪl/
H 048. **de stijl**
風 格 派

/ˈnioʊ/-/ˈplæstɪkɪz(ə)m/

H 049. **neo-plasticism**

新 造 型 主 義

/ˈbaʊˌhaʊs/

H 050. **Bauhaus**

包 浩 斯

/ˈwɜrkˌʃɑp/

H 051. **workshop**

工 作 仿

/ˈmæstər/

H 052. **master**

師 傅

/ˈʤɜrniˌmæn/

H 053. **journeyman**

技 工

/əˈprɛntəs/

H 054. **apprentice**

學 徒

/ɑrt/ /ˈdɛkoʊ/

H 055. **art deco**

裝 飾 藝 術

/ɪˈklɛktɪkɪz(ə)m/

H 056. **eclecticism**

折 衷 主 義

H 057. /ˈstrimˌlaɪnd/ /fɔrmz/
streamlined forms
流 線 型 風 格

H 058. /ˈstrimˌlaɪnɪŋ/
streamlining
流 線 型

H 059. /kənˈsuməˌrɪzəm/
consumerism
消 費 主 義

H 060. /ɪnˈdʌstriəl/ /dɪˈzaɪn/
industrial design
工 業 設 計

H 061. /poʊstˈmɑdərnɪz(ə)m/
postmodernism
後 現 代 主 義

H 062. /ˌdi kənˈstrʌkʃənɪz(ə)m/
deconstructivism
解 構 主 義

H 063. /leɪt/ /ˈmɑdər.nɪz əm/
late modernism
晚 期 現 代 主 義

H 064. /ˈæbstrækt/ /ɪkˈsprɛʃəˌnɪzəm/
abstract expressionism
抽 象 表 現 主 義

/'lɪrɪk/ /æb'strækʃənɪz(ə)m/
H 065. **lyric abstractionism**
抒 情 抽 象 主 義

/'mɪnəmə,lɪzəm/
H 066. **minimalism**
極 簡 主 義

/pap/ /art/
H 067. **pop art**
普 普 藝 術

/ap/ /art/
H 068. **op art**
歐 普 藝 術

/'fʌŋkʃənəlɪz(ə)m/
H 069. **functionalism**
功 能 主 義

/,ɪntər'næʃənəl/ /staɪl/
H 070. **international style**
國 際 風 格

/'da da/
H 071. **dada**
達 達 主 義

/sə'rilɪzəm/
H 072. **surrealism**
超 現 實 主 義

/fʌŋk/ /ɑrt/
H 073. funk art
放 克 藝 術

/ˌskændɪˈneɪvɪə/ /staɪl/
H 074. Scandinavia style
斯 堪 地 那 維 亞 風 格

/nu/ /bəˈroʊk/
H 075. new baroque
新 巴 洛 克 風 格

/le nabi/
H 076. les nabis
那 比 派

/ˈfoʊvɪzm/ˌ
H 077. fauvism
野 獸 主 義

/ˈɔr fɪz əm/
H 078. orphism
奧 弗 斯 主 義

/ˈpjʊrɪz(ə)m/
H 079. purism
純 粹 主 義

/ˈsupər/ /ˈrɪəlɪzm/
H 080. super realism
超 級 寫 實 主 義

/ˈmɛmfəs/
H 081. **Memphis**
曼 菲 斯

/kənˈsɛptʃuəl/ /ɑrt/
H 082. **conceptual art**
觀 念 藝 術

/ˈstʌkɪz(ə)m/
H 083. **stuckism**
反 觀 念 主 義

/ˈæ θ ənz/ /ˈtʃɑrtər/
H 084. **Athens charter**
雅 典 憲 章

/ˈtʃɑrtər/ /əv/ /ˈmɑ tʃu ˈpik tʃu, ˈpi tʃu/
H 085. **charter of Machu Picchu**
馬 丘 比 丘 憲 章

/haɪ/ /tɛk/
H 086. **high tech**
高 科 技 風 格

/trænz/ /haɪ/ /tɛk/
H 087. **trans high tech**
准 高 科 技 風 格

/kəˈnɛtɪk/ /ɑrt/
H 088. **kinetic art**
機 動 藝 術

/ˈæmstər,dæm/ /skul/
H 089. **Amsterdam school**
阿 姆 斯 特 丹 學 派

/ˈmaɪ,kroʊ-/-/ˈɑrkə,tɛktʃər/
H 090. **micro-architecture**
微 建 築 風 格

/ˈmaɪ,kroʊ-/-/ɪ,lɛkˈtrɑnɪks/
H 091. **micro-electronics**
微 電 子 風 格

/ˈglæ,skoʊ/ /skul/
H 092. **Glasgow school**
格 拉 斯 哥 畫 派

[09] 數 位 設 計
DIGITAL DESIGN

DI 001. /'vɛktər/ /'ɪmədʒəz/
vector images
向 量 圖 檔

DI 002. /'bɪtˌmæp/ /'græfɪks/
bitmap graphics
點 陣 圖 檔

DI 003. /'ɪmədʒ/ /'mætɪŋ/
image matting
影 像 去 背

DI 004. /'kɑnstənt/-/'kʌlər/ /'mætɪŋ/
constant-color matting
單 色 去 背

DI 005. /'dɪfərəns/ /'mætɪŋ/
difference matting
差 異 去 背

DI 006. /'nætʃərəl/ /'ɪmədʒ/ /'mætɪŋ/
natural image matting
自 然 影 像 去 背

DI 007. /dɪ'zaɪn/ /'ɛləmənts/
design elements
設 計 元 素

DI 008. /greɪ'deɪʃən/
gradation
漸 層

/'sɪmətri/
DI 009. **symmetry**
對 稱

/'goʊldən/ /'reɪʃi,oʊ/
DI 010. **golden ratio**
黃 金 比

/prə'pɔrʃən/
DI 011. **proportion**
比 例

/ˌrɛpə'tɪʃən/
DI 012. **repetition**
重 覆

/'hɑrməni/
DI 013. **harmony**
調 和

/'rɪðəm/
DI 014. **rhythm**
律 動

/'kɑntræst/
DI 015. **contrast**
對 比

/stɑk/ /'ɪmədʒəz/
DI 016. **stock images**
圖 庫

DI 017. **file**
/faɪl/
檔 案

DI 018. **edit**
/ˈɛdət/
編 輯

DI 019. **image**
/ˈɪmədʒ/
影 像

DI 020. **layer**
/ˈleɪər/
圖 層

DI 021. **selection**
/səˈlɛkʃən/
選 取

DI 022. **import**
/ˈɪmpɔrt/
讀 入

DI 023. **export**
/ˈɛkspɔrt/
輸 出

DI 024. **batch**
/bætʃ/
批 次 處 理

DI 025. **undo**
/ən'du/
還 原

DI 026. **cut**
/kʌt/
剪 下

DI 027. **copy**
/'kɑpi/
拷 貝

DI 028. **paste**
/peɪst/
貼 上

DI 029. **fill**
/fɪl/
填 滿

DI 030. **scale**
/skeɪl/
縮 放

DI 031. **rotate**
/'roʊˌteɪt/
旋 轉

DI 032. **skew**
/skju/
傾 斜

/dɪˈstɔrt/
DI 033. **distort**
扭 曲

/pərˈspɛk tɪv/
DI 034. **perspective**
透 視

/dɪˈfaɪn/ /brʌʃ/
DI 035. **define brush**
定 義 筆 刷

/dɪˈfaɪn/ /ˈpætərn/
DI 036. **define pattern**
定 義 圖 樣

/pɜrdʒ/
DI 037. **purge**
清 除 記 憶 體 資 料

/ˈhɪstəriz/
DI 038. **histories**
步 驟 記 錄

/ˈprɛfərənsɪz/
DI 039. **preferences**
偏 好 設 定

/dɪˈspleɪ/
DI 040. **display**
顯 示

/'kɜrsərz/
DI 041. **cursors**
游 標

/'junəts/
DI 042. **units**
單 位

/'rulərz/
DI 043. **rulers**
尺 規

/gaɪdz/
DI 044. **guides**
參 考 線

/grɪd/
DI 045. **grid**
網 格

/plʌg/
DI 046. **plug**
模 組

/'greɪ,skeɪl/
DI 047. **grayscale**
灰 度

/'du ə,toʊn/
DI 048. **duotone**
雙 色 調

/'ɪndɛkst/ /'kʌlər/
DI 049. **indexed color**
索 引 色

/ə'dʒʌst/
DI 050. **adjust**
調 整

/kɜrvz/
DI 051. **curves**
曲 線

/'ɪnvɜrt/
DI 052. **invert**
負 片 效 果

/'θrɛʃoʊld/
DI 053. **threshold**
臨 界 值

/'dupləkət/
DI 054. **duplicate**
複 製

/ˌkælkjə'leɪʃənz/
DI 055. **calculations**
運 算

/krɑp/
DI 056. **crop**
裁 切

/trɪm/
DI 057. **trim**
修 剪

/'lɪkwɪ,faɪ/
DI 058. **liquify**
液 化

/'blɛndɪŋ/ /'ɑpʃənz/
DI 059. **blending options**
混 合 選 項

/'sætən/
DI 060. **satin**
緞 面

/'kʌlər/ /'oʊvər,leɪ/
DI 061. **color overlay**
顏 色 疊 加

/'leɪər/ /ɪ'fɛkts/
DI 062. **layer effects**
圖 層 樣 式

/'sɑləd/ /'kʌlər/
DI 063. **solid color**
純 色

/'greɪdiənt/
DI 064. **gradient**
漸 變

/'pætərn/
DI 065. **pattern**
圖 樣

/'poʊstə,raɪz/
DI 066. **posterize**
色 調 分 離

/wɜrk/ /pæθ/
DI 067. **work path**
工 作 路 徑

/,hɔrə'zɑntəl/
DI 068. **horizontal**
水 平

/'vɜrtɪkəl/
DI 069. **vertical**
垂 直

/'ænti/-/'eɪliəs/
DI 070. **anti-alias**
消 除 鋸 齒

/'ræstəraɪz/
DI 071. **rasterize**
點 陣 化

/ɪn'vɜrs/
DI 072. **inverse**
反 選

DI 073. /'fɛðər/ **feather**
羽 化

DI 074. /'mɑdə,faɪ/ **modify**
修 改

DI 075. /blɜr/ **blur**
模 糊

DI 076. /'rɛndər/ **render**
渲 染

DI 077. /'ʃɑrpən/ **sharpen**
銳 化

DI 078. /'staɪ,laɪz/ **stylize**
風 格 化

DI 079. /'tɛkstʃər/ **texture**
紋 理

DI 080. /'gæmət/ /'wɔrnɪŋ/ **gamut warning**
色 域 警 告

/zum/ /ɪn/
DI 081. **zoom in**
放 大

/zum/ /aʊt/
DI 082. **zoom out**
縮 小

/sə'lɛkʃən/ /'ɛdʒəz/
DI 083. **selection edges**
選 區 邊 緣

/mɑr'ki/ /tul/
DI 084. **marquee tool**
選 框 工 具

/rɛk'tæŋgjələr/
DI 085. **rectangular**
矩 形

/ɪ'lɪp tɪ kəl/
DI 086. **elliptical**
橢 圓

/'ɪntər,feɪs/
DI 087. **interface**
介 面

/pər'fɔrməns/
DI 088. **performance**
效 能

DI 089. /ˌkælkjəˈleɪʃənz/
calculations
運算

DI 090. /ˈvɛriəbəlz/
variables
變數

DI 091. /ˈvɛktər/ /mæsk/
vector mask
向量圖遮色片

DI 092. /smɑrt/ /ˈɑbdʒɛkt/
smart object
智慧型物件

DI 093. /rɪˈvɜrs/
reverse
反轉

DI 094. /əˈlaɪn/
align
對齊

DI 095. /ˈbɔrdər/
border
邊界

DI 096. /smuð/
smooth
平滑

DI 097. /ˈkɑnˌtrækt/
contract
縮 減

DI 098. /groʊ/
grow
連 續 相 似 色

DI 099. /ˈlæsoʊ/ /tul/
lasso tool
套 索 工 具

DI 100. /ˈmædʒɪk/ /wɑnd/ /tul/
magic wand tool
魔 術 棒 工 具

DI 101. /ˈaɪˌdrɑpər/ /tul/
eyedropper tool
滴 管 工 具

DI 102. /pætʃ/ /tul/
patch tool
修 補 工 具

DI 103. /kloʊn/ /stæmp/ /tul/
clone stamp tool
仿 製 印 章 工 具

DI 104. /ˈmɑdəlɪŋ/
modeling
建 模

/koʊn/
DI 105. **cone**
圓 錐 體

/kjub/
DI 106. **cube**
立 方 體

/ˈsɪləndər/
DI 107. **cylinder**
圓 柱 體

/rɪŋ/
DI 108. **ring**
環 形

/sfɪr/
DI 109. **sphere**
球 體

/pleɪn/
DI 110. **plane**
平 面

/ˈwɔrkˌspeɪs/
DI 111. **workspace**
工 作 區 域

/skrɪpts/
DI 112. **scripts**
指 令 檔

DI 113. **expect**
/ɪkˈspɛkt/
轉 存

DI 114. **place**
/pleɪs/
置 入

DI 115. **blend horizontally**
/blɛnd/ /ˌhɔrɪˈzɑntəli/
水 平 漸 變

DI 116. **blend vertically**
/blɛnd/ /ˈvɜrtɪkli/
垂 直 漸 變

DI 117. **transform**
/trænˈsfɔrm/
變 形

DI 118. **reflect**
/rəˈflɛkt/
鏡 射

DI 119. **group**
/grup/
群 組

DI 120. **expand**
/ɪkˈspænd/
展 開

DI 121. **flatten**
/'flætən/
平 面 化

DI 122. **release**
/ri'lis/
釋 放

DI 123. **pathfinder**
/'pæ θ ,faɪndər/
路 徑 管 理 員

DI 124. **add**
/æd/
相 加

DI 125. **intersect**
/,ɪntər'sɛkt/
交 集

DI 126. **exclude**
/ɪk'sklud/
差 集

DI 127. **subtract**
/səb'trækt/
相 減

DI 128. **divide**
/dɪ'vaɪd/
分 割

/trɪm/

DI 129. **trim**
剪 裁 覆 蓋 範 圍

/mɜrdʒ/

DI 130. **merge**
合 併

/wɔrp/

DI 131. **warp**
彎 曲

/ɑrk/

DI 132. **arc**
弧 形

/ɑrtʃ/

DI 133. **arch**
拱 形

/bʌldʒ/

DI 134. **bulge**
凸 形

/ɪnˈfleɪt/

DI 135. **inflate**
膨 脹

/skwiz/

DI 136. **squeeze**
擠 壓

/twɪst/
DI 137. **twist**
螺 旋

/'sɔf,twɛr/
DI 138. **software**
軟 體

/noʊd/
DI 139. **node**
節 點

/'ɪntər,feɪs/
DI 140. **interface**
介 面

/'leɪ,aʊt/
DI 141. **layout**
版 面 設 計

/'midiə/
DI 142. **media**
媒 體

/wɛb/ /dɪ'zaɪn/
DI 143. **web design**
網 站 設 計

/,ɪntə'ræktɪv/ /dɪ'zaɪn/
DI 144. **interactive design**
互 動 設 計

/ˌɪntəˈræktɪv/ /ˈmidiə/
DI 145. **interactive media**
互 動 式 媒 體

/ˈvɜrtʃuəl/ /ˌriˈælə,ti/
DI 146. **virtual reality (VR)**
虛 擬 實 境

/ʌgˈmɛntəd/ /ˌriˈælə,ti/
DI 147. **augmented reality (AR)**
擴 增 實 境

/ˈbænər/
DI 148. **banner**
橫 幅 廣 告

/ˈaɪkɑn/
DI 149. **icon**
圖 標

/dɪˈvɛləpmənt/ /ˈprɑ,sɛs/
DI 150. **development process**
開 發 程 序

/dɪˈvaɪs/
DI 151. **device**
裝 置

/kənˈtroʊl/ /ˈpænəl/
DI 152. **control panel**
控 制 面 版

DI 153. **contextual menu**
/kən'tɛks tʃu əl/ /'mɛnju/
快 捷 選 單

DI 154. **software design**
/'sɔf,twɛr/ /dɪ'zaɪn/
軟 體 設 計

DI 155. **navigation bar**
/'nævə'geɪʃən/ /bɑr/
導 覽 列

DI 156. **search bar**
/sɜrtʃ/ /bɑr/
搜 尋 列

DI 157. **game design**
/geɪm/ /dɪ'zaɪn/
遊 戲 設 計

DI 158. **function**
/'fʌŋkʃən/
功 能

[10] 企業識別系統
CIS

/'kɔr pər ɪt/
CI001. **corporate**
企 業

/aɪ,dɛntəfə'keɪʃən/
CI002. **identification**
統 一

/'sɪstəm/
CI003. **system**
系 統

/'vɪʒəwəl/ /aɪ'dɛntəti/
CI004. **visual identity**
視 覺 識 別

/bɪ'heɪvjər/ /aɪ'dɛntəti/
CI005. **behavior identity**
行 為 識 別

/maɪnd/ /aɪ'dɛntəti/
CI006. **mind identity**
理 念 識 別

/'vɪʒəwəl/ /,prɛzən'teɪʃən/
CI007. **visual presentation**
視 覺 展 現

/'ri,teɪl/ /aɪ'dɛntəti/
CI008. **retail identity**
零 售 點 識 別

/stɔr/ /aɪˈdɛntəti/

CI 009. **store identity**

店 面 識 別

/ˈdilər/ /aɪˈdɛntəti/

CI 010. **dealer identity**

經 銷 商 識 別

/ˈkɔrpərət/ /neɪm/

CI 011. **corporate name**

企 業 名 稱

/ˈloʊɡoʊ/

CI 012. **logo**

標 誌

/ˈlɔɡə,taɪp/

CI 013. **logotype**

標 準 字

/brænd/ /ˈæ,sɛts/

CI 014. **brand assets**

品 牌 資 產

/kɔr/ /ˈvæljuz/

CI 015. **core values**

核 心 價 值

/ˈsɪstəm/ /ˈmænədʒmənt/

CI 016. **system management**

系 統 管 理

/'kɔrpərət/ /pə'zɪʃənɪŋ/
CI 017. **corporate positioning**
企 業 定 位

/'bɪznəs/ /fə'lɑsəfi/
CI 018. **business philosophy**
企 業 經 營 理 念

/ɪn'tɜrnəl/ /'mænədʒmənt/
CI 019. **internal management**
內 部 管 理

/ɪk'stɜrnəl/ /ri'leɪʃənz/
CI 020. **external relations**
對 外 關 係

/,ɔrgənə'zeɪʃən/
CI 021. **organization**
組 織 化

/'sɪstəmə,taɪz/
CI 022. **systematize**
系 統 化

/'junəti/
CI 023. **unity**
統 一 性

/'kɔrpərət/ /'ɪmədʒ/
CI 024. **corporate image**
企 業 形 象

/'ɔfəs/ /'sɪstəm/

CI 025. **office system**

辦 公 系 統

/prə'dʌkʃən/ /'sɪstəm/

CI 026. **production system**

生 產 系 統

/dɪ'vɛləpmənt/ /'strætədʒi/

CI 027. **development strategy**

發 展 戰 略

/'kɔrpərət/ /ri,spɑnsə'bɪləti/

CI 028. **corporate responsibility**

企 業 責 任

/brænd/ /ɪ'fɛkt/

CI 029. **brand effect**

品 牌 效 應

/,rɛpjə'teɪʃən/

CI 030. **reputation**

知 名 度

/səb'skrɪpʃən/ /reɪt/

CI 031. **subscription rate**

認 購 率

/'soʊʃəl/ /ɪ'fɪʃənsi/

CI 032. **social efficiency**

社 會 效 益

CI 033. **research**
/rɪˈsɜrtʃ/
科研

CI 034. **produce**
/ˈproʊdus/
生產

CI 035. **marketing**
/ˈmɑrkətɪŋ/
行銷

CI 036. **service**
/ˈsɜrvəs/
服務

CI 037. **marketing strategy**
/ˈmɑrkətɪŋ/ /ˈstrætədʒi/
行銷策略

CI 038. **corporate values**
/ˈkɔrpərət/ /ˈvæljuz/
企業價值觀

CI 039. **market positioning**
/ˈmɑrkət/ /pəˈzɪʃənɪŋ/
市場定位

CI 040. **corporate culture**
/ˈkɔrpərət/ /ˈkʌltʃər/
企業文化

CI 041. **employee education**
/ɛmˈplɔɪi/ /ˌɛdʒəˈkeɪʃən/
職 員 教 育

CI 042. **benefit system**
/ˈbɛnəfɪt/ /ˈsɪstəm/
福 利 制 度

CI 043. **brand color**
/brænd/ /ˈkʌlər/
品 牌 標 準 色

CI 044. **symbol**
/ˈsɪmbəl/
象 徵

CI 045. **slogan**
/ˈsloʊgən/
標 語

CI 046. **office supplies**
/ˈɔfəs/ /səˈplaɪz/
辦 公 用 品

CI 047. **production equipment**
/prəˈdʌkʃən/ /ɪˈkwɪpmənt/
生 產 設 備

CI 048. **product packaging**
/ˈprɑdəkt/ /ˈpækɪdʒɪŋ/
產 品 包 裝

CI 049. /ˈædvərˌtaɪzɪŋ/ /ˈmidiə/
advertising media
廣 告 媒 體

CI 050. /ˌtrænspərˈteɪʃən/
transportation
交 通 工 具

CI 051. /ˈjunəˌfɔrm/
uniform
制 服

CI 052. /ˈsaɪnˌbɔrd/
signboard
招 牌

CI 053. /ˈbɪznəs/ /kɑrd/
business card
名 片

CI 054. /ˈsteɪʃəˌnɛri/
stationery
信 紙

CI 055. /ˈɛnvəˌloʊp/
envelope
信 封

CI 056. /bædʒ/
badge
識 別 證

CI 057. /ˈɡɪvəˌweɪ/
giveaway
贈品

CI 058. /ˈkʌlər/ /skim/
color scheme
色彩計畫

CI 059. /ɑɡˈzɪljəri/ /ˈɡræfɪks/
auxiliary graphics
輔助圖形

CI 060. /ˈmæskət/
mascot
吉祥物

CI 061. /ɪnˈvaɪrənmənt/ /aɪˈdɛntəti/ /ˈsɪstəm/
environment identity system
企業環境識別

CI 062. /ˌvɪzəˈbɪlɪti/
visibility
知名度

CI 063. /ˈmɑrkət/ /riˈsɜrtʃ/
market research
市場調查

CI 064. /ˌvɪʒʊələɪˈzeɪʃən/
visualization
視覺化

CI 065. /ˈrɪləˈzeɪʃən/
realization
具 體 化

CI 066. /ɪnˈfɛkʃəs/
infectious
感 染 力

CI 067. /ˈvɪʒən/
vision
願 景

CI 068. /ˈtɑrɡət/ /ˈɑdiəns/
target audience
目 標 客 群

CI 069. /kəmˈpɛtətər/
competitor
對 手

CI 070. /ˌrɛprəzɛnˈteɪʃən/
representation
表 徵

CI 071. /sɪmˈplɪsəti/
simplicity
簡 潔 性

CI 072. /ˌkɑntəˈnuəti/
continuity
延 續 性

/dɪˈvɜrsəti/
CI 073. **diversity**
多樣性

/ˈædəkwəsi/
CI 074. **adequacy**
適當性

/ˌjunɪˌvɜrsəlaɪzəˈbɪlɪtɪ/
CI 075. **universalizability**
普遍性

/kənˈsumər/ /saɪˈkɑlədʒi/
CI 076. **consumer psychology**
消費者心理

/dɪfəˌrɛnʃiˈeɪʃən/
CI 077. **differentiation**
差異化

/brænd/ /ˈɪmədʒ/
CI 078. **brand image**
品牌形象

/brænd/ /ˈlɔɪəlti/
CI 079. **brand loyalty**
品牌忠誠度

/brænd/
CI 080. **brand**
品牌

/ə'fɪʃəl/ /'wɛb,saɪt/

CI081. **official website**

官 網

/'kɔrpərət/ /'wɛb,saɪt/

CI082. **corporate website**

企 業 網 站

/'kʌmpəni/ /'wɛb,saɪt/

CI083. **company website**

公 司 網 站

/wɛb/ /'markətɪŋ/

CI084. **web marketing**

網 路 行 銷

/'dɪdʒətəl/ /'markətɪŋ/

CI085. **digital marketing**

數 位 行 銷

/'juzər/ /ɪk'spɪriəns/

CI086. **user experience**

使 用 者 經 驗

[11]　設計接案
FREELANCER

/dɪˈzaɪnər/
FR 001. designer
設 計 師

/dɪˈzaɪn/ /fi/
FR 002. design fee
設 計 費

/ˈfriˌlænsər/
FR 003. freelancer
自 由 工 作 者

/kwoʊt/
FR 004. quote
報 價

/ˈbʌdʒɪt/
FR 005. budget
預 算

/dɪˈzaɪn/ /ˈpɜrpəs/
FR 006. design purpose
設 計 目 的

/dɪˈzaɪn/ /prəˈpoʊzəl/
FR 007. design proposal
設 計 提 案

/ˌkəstəmīˈzāSH(ə)n/
FR 008. customization
客 製 化

/gænt/ /tʃɑrt/
FR 009. **Gantt chart**
甘 特 圖

/'vɪʒəwəl/ /'fid,bæk/
FR 010. **visual feedback**
視 覺 回 饋

/reɪt/ /kɑrd/
FR 011. **rate card**
價 目 表

/'mɒk,ʌp/
FR 012. **mockup**
視 覺 稿

/'brifɪŋ/
FR 013. **briefing**
簡 報

/pɔrt'foʊli,oʊ/
FR 014. **portfolio**
作 品 集

/ɪk'spɪriəns/
FR 015. **experience**
經 歷

/rɪ'kwaɪrmənts/
FR 016. **requirements**
要 求

FR 017. **responsibilities**
/rɪ͵spɑnsəˈbɪlətiz/
職責

FR 018. **degree**
/dɪˈgri/
學位

FR 019. **bachelor**
/ˈbætʃələr/
學士

FR 020. **master**
/ˈmæstər/
學士

FR 021. **certificate**
/sərˈtɪfɪkət/
證書

FR 022. **license**
/ˈlaɪsəns/
證照

FR 023. **diploma**
/dɪˈploʊmə/
文憑

FR 024. **communication skill**
/kəm͵junəˈkeɪʃən/ /skɪl/
溝通技巧

FR 025. **consumer**
/kənˈsumər/
消費者

FR 026. **cost estimation**
/kɑst/ /ˌɛstəˈmeɪʃən/
成本估計

FR 027. **copyright**
/ˈkɑpiˌraɪt/
著作權

FR 028. **connections**
/kəˈnek.ʃən/
人脈

FR 029. **creativity**
/ˌkrieɪˈtɪvəti/
創造力

FR 030. **design demand**
/dɪˈzaɪn/ /dɪˈmænd/
設計需求

FR 031. **design integration**
/dɪˈzaɪn/ /ˌɪntəˈgreɪʃən/
設計整合

FR 032. **design sketch**
/dɪˈzaɪn/ /skɛtʃ/
設計草圖

FR 033. **division of labor**
/dɪˈvɪʒən/ /əv/ /ˈleɪbər/
分 工

FR 034. **expectation**
/ˌɛkspɛkˈteɪʃən/
預 期

FR 035. **format**
/ˈfɔr,mæt/
格 式

FR 036. **modification**
/ˌmɑdəfəˈkeɪʃən/
修 改

FR 037. **parameter**
/pəˈræmətər/
參 數

FR 038. **legibility**
/ˌlɛdʒəˈbɪləti/
易 辨 識 性

FR 039. **specialization**
/ˌspɛʃələˈzeɪʃən/
專 業 化

FR 040. **watermarking**
/ˈwɔtər,mɑrkɪŋ/
浮 水 印

FR 041. **concept**
/ˈkɑnsɛpt/
概 念

FR 042. **patent**
/ˈpætənt/
專 利

FR 043. **contract**
/ˈkɑnˌtrækt/
合 約

FR 044. **meeting**
/ˈmitɪŋ/
會 議

FR 045. **vote**
/voʊt/
投 票

FR 046. **consensus**
/kənˈsɛnsəs/
共 識

FR 047. **down payment**
/daʊn/ /ˈpeɪmənt/
訂 金

FR 048. **final payment**
/ˈfaɪnəl/ /ˈpeɪmənt/
尾 款

FR 049. **cooperate**
/koʊˈɑpəˌreɪt/
合作

FR 050. **deadline**
/ˈdɛˌdlaɪn/
截稿日

FR 051. **remit**
/riˈmɪt/
匯款

FR 052. **project**
/ˈprɑdʒɛkt/
專案

FR 053. **schedule**
/ˈskɛdʒʊl/
排程

FR 054. **reply**
/rɪˈplaɪ/
答覆

FR 055. **contact**
/ˈkɑnˌtækt/
聯絡

FR 056. **discuss**
/dɪˈskʌs/
討論

/ˈɛmfəˌsaɪz/
FR 057. **emphasize**
強調